VENTE
Du Lundi 20 Décembre 1909
HOTEL DROUOT, SALLE N° 11
à deux heures

OBJETS D'ART ET D'AMEUBLEMENT

PORTRAITS & DESSINS

De l'École Française des XVIIe et XVIIIe siècles

FAIENCES & PORCELAINES

TAPISSERIES, DENTELLES

LIVRES ANCIENS — OBJETS VARIÉS

Provenant, pour partie, du Château d'A***

COMMISSAIRE-PRISEUR
Me ANDRÉ COUTURIER
Successeur de M. LÉON TUAL

EXPERTS
M. GEORGES GUILLAUME
M. JULES MEYNIAL

CATALOGUE

DES

OBJETS D'ART & D'AMEUBLEMENT

Beau Portrait d'Homme, par RIGAUD

AUTRES PORTRAITS ET DESSINS DE L'ECOLE FRANÇAISE DES XVIIe ET XVIIIe SIÈCLES

Anciennes Porcelaines de Sèvres, Saxe, Paris, de la Chine et du Japon

ANCIENNES FAIENCES de MOUSTIERS, ROUEN, STRASBOURG, etc.

JOLI GROUPE EN ANCIENNE PORCELAINE DE SAXE

Petit Étui-nécessaire Louis XVI, en écaille blonde mouchetée d'or

COLLIER DE TRENTE-HUIT ROSES ANCIENNES

MEUBLES ANCIENS — VIEILLES DENTELLES

Importante Tapisserie des Flandres

ET AUTRES TAPISSERIES OU FRAGMENTS

LIVRES ANCIENS, OBJETS VARIÉS

DONT LA VENTE AUX ENCHÈRES PUBLIQUES AURA LIEU

HOTEL DROUOT, SALLE N° 11

Le Lundi 20 Décembre 1909, à deux heures

COMMISSAIRE-PRISEUR

Me ANDRÉ COUTURIER, Successeur de M. Léon TUAL

56, rue de la Victoire

EXPERTS

Pour les Objets d'art et Tableaux :

M. GEORGES GUILLAUME

13, rue d'Aumale

Pour les Livres :

M. JULES MEYNIAL

30, boulevard Haussmann

EXPOSITION PUBLIQUE

Le Dimanche 19 Décembre 1909, de 2 h. à 6 heures

CONDITIONS DE LA VENTE

Elle sera faite *au comptant.*

Les adjudicataires paieront *dix pour cent* en sus des enchères.

L'exposition mettant le public à même de se rendre compte de l'état et de la nature des objets, aucune réclamation ne sera admise une fois l'adjudication prononcée.

ORDRE DE LA VACATION

Livres.
Tableaux.
Faïences et Porcelaines.
Objets d'art divers.
Dentelles.
Meubles.
Tapisseries.

Paris. — Imprimerie de l'Art, CH. BERGER, 41, rue de la Victoire

DÉSIGNATION

Objets provenant du Château d'A***

PORTRAITS

MIGNARD (École de)

1 — *Portraits présumés de Mlles de Louvilliers.*

Jolie composition, réunissant en un groupe aimable les deux jeunes filles en riches tuniques rose et crème, drapées de bleu ; elles portent la dague au côté et caressent leur chien favori.

Haut., 95 cent.; larg., 1 m. 5 cent.

RIGAUD (Hyacinthe)

2 — *Portrait du Prince de Beauvau.*

Vu de trois quarts à droite, en perruque poudrée, la figure souriante ; il est vêtu de l'armure et drapé dans un ample manteau rouge.

Haut., 80 cent.; larg., 65 cent.

Cadre en bois sculpté et doré.

RIGAUD (École de)

3 — *Portrait du Prince de Toulouse.*

En cuirasse et écharpe jaune, cravaté de dentelle, il porte le ruban rouge autour du col.

Haut., 80 cent.; larg., 65 cent.

Cadre en bois sculpté.

TOURNIÈRES (École de)

4 — *Portrait de la Marquise d'Avernes, enfant.*

Gracieux portrait, représentant la jeune fille en robe bleue bordée de rose et tenant dans ses mains une guirlande de fleurs.

Haut., 72 cent.; larg., 60 cent.

Cadre en bois sculpté.

ÉCOLE FRANÇAISE

5 — *Portrait du Marquis d'Avernes.*

En perruque et jabot de guipure, il est revêtu de l'armure.

Cadre-médaillon en bois sculpté.

6 — *Portrait d'un Guerrier.*

A mi-corps, vêtu d'un manteau rouge drapé, il porte l'armure et l'épée au côté.

Haut., 1 mètre; larg., 80 cent.

Cadre en bois sculpté.

7 — *Portrait d'Homme en perruque.*

Vu de trois quarts à gauche, il porte le brassard et est vêtu d'une tunique grenat croisée de blanc.

Cadre-médaillon en bois sculpté.

8 — *Portrait d'un Seigneur.*

Vu de face, en cuirasse, cravate et manchettes de dentelle, il porte un manteau rouge sur l'épaule gauche.

Cadre-médaillon en bois sculpté.

PORCELAINES ET FAIENCES

9 — Ecuelle à anses avec couvercle et présentoir en ancienne porcelaine de Sèvres, à décor de fleurettes multicolores.

10 — Petite verseuse, même porcelaine, à décor de fleurs et dorures.

11 — Petit plateau en ancienne porcelaine de Sèvres, à décor de roses.

12 — Deux rafraichissoirs en ancienne porcelaine de Sèvres, à décor de fleurs.

13 — Deux drageoirs en ancienne porcelaine de Sèvres, à décor de filets bleus et ornements de roses.

14 — Deux tasses et deux soucoupes en ancienne porcelaine de Sèvres, à décor de bouquets de fleurs.

15 à 18 — Service en ancienne porcelaine de Sèvres, à filets d'or, composé d'environ cent pièces, principalement d'assiettes creuses et plates dépareillées. (Sera divisé.)

19-20 — Services à café et à thé en ancienne porcelaine blanche de Sèvres, à décor de dorures.

21 — Cafetière, à décor de roses et petite écuelle couverte en ancienne porcelaine de Boissettes.

22 — Six petits pots à pommade en ancienne porcelaine de Paris, à décors bleus.

23 — Deux petits pots à crème en ancienne porcelaine à la Reine, décor à fleurs.

24 — Grand plat et quatre assiettes en ancienne porcelaine de la Chine.

25 — Pichet en ancienne faïence de Rouen polychrome, à décor de lambrequins et guirlandes.

26 — Fontaine en anciennne faïence de Rouen polychrome, à lambrequins.

27 — Deux raviers en ancienne faïence de Rouen, à fleurettes.

28 — Jardinière en ancienne faïence de Rouen, à décors polychromes et filets bleus.

29-30 — Neuf plats ou saladiers en ancienne faïence de Rouen, à décors divers. (Seront divisés.)

31 — Plat long en ancienne faïence de Strasbourg.

32-33 — Dix-sept plats ou assiettes en anciennes faïences de l'Est (Strasbourg, Niederwiller, Hannong, les Islettes, etc.) (Seront divisés.)

34 — Quatre plats longs et un plat rond en ancienne faïence de Moustiers, à décor de grotesques en vert.

35 — Légumier en ancienne faïence de Moustiers jaune, à lambrequins.

36 — Grande jardinière circulaire en faïence, à décors bleus.

37 — Grande jardinière circulaire en faïence de Sarreguemines, à fleurettes.

38 — Trois assiettes octogonales en ancienne faïence de Sarreguemines.

OBJETS D'ART VARIÉS

39 — Très délicat petit étui-nécessaire en écaille blonde mouchetée d'or, renfermant deux flacons à monture d'or et un entonnoir. Époque Louis XVI.

40 — Rafraichissoir à anses en ancien métal argenté.

41 — Surtout de table Louis XVI, à fond de glace, composé de trois parties, en métal argenté, posant sur pieds à cannelures horizontales, entourées d'une galerie et ornées de motifs de feuillage en relief.

42 — Pendule en bronze ciselé et doré de forme borne, à bas-reliefs, surmontée d'un brûle-parfums et flanquée d'un personnage assis. Époque Empire.

43 — Deux flambeaux en bronze doré à palmes, pieds-griffes et mascarons. Époque Empire.

44 — Petit samovar en cuivre.

45 — Gobelet en verre de Bohême et petite clochette en ancien cristal coulé.

46 — Environ soixante-dix anciens verres à pied.

MEUBLES

47 — Lit à baldequin en bois peint et laqué de différentes couleurs, présentant des palmes, rinceaux et rosaces en relief et flanqué de colonnes. Époque Directoire.

48 — Commode en bois naturel sculpté, fermant à quatre tiroirs, ornée de bronzes ciselés et couverte d'un marbre rouge. Époque Régence.

49 — Commode en noyer sculpté, munie de quatre tiroirs et ornée d'entrées de serrures en bronze ciselé et doré; dessus en marbre rouge veiné. Époque Louis XV.

50 — Guéridon rond en bois de placage cerclé de cuivre, posant sur trois pieds-biche à mascarons, couvert de marbre blanc et muni d'une tablette d'entrejambes. Époque Empire.

51 — Cinq fauteuils Louis XV en noyer sculpté, couverts de damas jaune et d'étoffes de fantaisie à fleurs.

52 — Fauteuil en acajou, dossier à barreaux et pieds galbés.

53 — Petit écran en acajou, à feuille de velours décoré.

TAPISSERIE

54 — **La Reine de Saba recevant les présents de Salomon.**

Importante composition de nombreux personnages et animaux dans un paysage verdoyant et accidenté; encadrement à motifs de mascarons, cariatides, chutes, enroulements de rubans, feuillage, fleurs et fruits. Flandres, XVIIe siècle.

Haut., 3 m. 15 cent.; larg., 5 m. 40 cent.

LIVRES ANCIENS

THÉOLOGIE, HISTOIRE, NOBLESSE

CARTES DE CASSINI AVEC ÉTUIS DE MAROQUIN ANCIENS

55 — **Anselme** (le P.) Histoire généalogique et chronologique de la Maison Royale de France, des Pairs, grands Officiers de la couronne et de la maison du Roy ; et des anciens Barons du Royaume. Avec les qualitez, l'origine, le progrès et les armes de leurs familles. Troisième édition. Revue et corrigée et augmentée par les soins du P. Ange et du P. Simplicien *Paris, 1726-1733.* 9 vol. in-fol., front., veau marb. (*Rel. anc. fatiguée.*)

56 — **Bellin**. Le Petit Atlas maritime, recueil de cartes et plans des quatre parties du monde, par ordre de M. le Duc de Choiseul, par Bellin, ingénieur de la Marine, 1764. 5 vol. in-4°, 7 encadrements pour les titres et la dédicace dess. et grav. par Arrivet. Texte et cartes grav., veau fauve, fil dos ornés, dent. inter., tr. dor. (*Rel. anc.*)

Très bel exemplaire.

57 — **Bible** (La Sainte) contenant l'ancien et le nouveau Testament, traduite en francois par Le Maistre de Saci. *Paris, Desprez, 1730.* 2 tomes

en 6 vol. in-4° fig., veau brun, dor., ornés, *(Rel. anc.)*

Aux Armes de Guillaume de Vintimille du Luc.

Cet exemplaire contient : Histoire sacrée de la Providence et de la conduite de Dieu représentée en cinq cents figures gravez et dédiée à la Reyne par Demarne. Paris, chez l'auteur. 1730.

58 — **Calmet** (le P. Dom Aug.) Dictionnaire historique, critique, chronologique, géographique et littéral de la Bible. Enrichi de plus de 300 figures en taille douce. *Paris, Émery. 1730.* 4 vol. in-fol., front. fig. veau. — Sacrorum Bibliorum concordantiæ per Gasparem de Zamora. Romæ. 1627. In-fol. veau. Ens. 5 vol.

59 — **Carte** de la France, publiée sous la direction de l'Académie des sciences, par J. Dom Cassini de Thury, Camus et Montigny, sur les échelles d'une ligne pour 100 toises. *Paris, 1744-1787.* 183 cartes coloriées montées sur toile, dans 35 étuis de bois en forme de livre, recouvert de maroq. rouge, filets et fleurons d'angles, dos ornés, tr. de papier dor. (*Étui en maroquin du XVIIIe siècle.*)

60 — **Carte** de la France publiée sous la direction de l'Académie des Sciences, par J. Dom Cassini, de Thury. Camus et Montigny. *Paris, 1744-1787.* 183 cartes montées sur toile dans 29 étuis en maroq. rouge, pet. dent. sur les plats, dos ornés. (*Étuis anc.*)

61 — **Carte** générale qui comprend la situation des principaux objets qui ont servi de fondement à la description des provinces autrichiennes dans les Pays-Bas, y compris les principautés de Liège et de Stavelot 1777, gravée par Dupuis. 25 cartes montées sur toile dans 5 étuis en maroq. rouge, fil., dos ornés.

62 — **Daniel** (R.P.G.) Histoire de la Milice Françoise et des changements qui s'y sont faits depuis l'établissement de la Monarchie Françoise dans les Gaules, jusqu'à la fin du règne de Louis-le-Grand. *Paris, Mariette, 1721.* 2 vol. in-4°, fig., veau. (*Rel. anc.*)

Exemplaire sur grand papier.

63 — **Diderot** et d'Alembert. Encyclopédie du Dictionnaire raisonné des sciences, des arts et des métiers. Par une société de gens de lettres, mis en ordre et publié par Diderot et d'Alembert. *Paris, 1751-1772.* 35 vol. in fol., dont 11 vol. de pl., veau granit., dos ornés. (*Rel. anc.*)

Bel exemplaire.

64 — **Histoire** du vieux et du nouveau Testament, par David Martin. Enrichie de plus de quatre cents figures en taille douce. *Anvers, Pierre Mortier, 1700.* 2 vol. in fol., fig., veau brun, dos ornés. (*Rel. anc.*)

65 — **Inventaire** fait après le deceds de trés haulte et trés puissante Dame, Madame Marie Heleine de Beauveau, marquise d'Avernes. Manuscrit par Me Mouette, notaire à Paris, in-4° de 260 ff. portant le timbre de la généralité de Paris (*Rel. anc.*)

Très curieux manuscrit donnant le détail des objets inventoriés, après le décès de la marquise d'Avernes et suivi du procès-verbal détaillé, objet par objet, avec la somme prisée et la somme vendue ainsi que le nom des acquéreurs.

Cette vente eut lieu à Paris, rue du Vieux-Colombier, au monastère des dames religieuses de la Miséricorde en 1757, où la marquise avait son appartement. La description minutieuse des objets font de cet inventaire une pièce très intéressante pour les mœurs et coutumes du XVIIIe.

66 — **Jardin** (N. H.) Plans, coupes et élévations de l'Eglise royale de Frédéric V à Copenhague. Suivi description du sujet des quatre estampes. *S. l. Paris, 1765.* In-fol. 15 pl., veau marbr. fil., dos orné, dent. inter. (*Rel. anc.*)

Aux armes de Abel François Poisson, Marquis de Marigny.

67 — **Joseph** (Flavius). Histoire des Juifs, traduite par Arnauld d'Andilly. *Amsterdam, Wetstein, 1681.* In-fol. réglé, nombr. fig., veau brun, fil. à la Du Seuil, dos orné, dent. inter., tr. dor. (*Rel. anc.*)

68 — **Kleiner** et **Pfeffel**. Vera et accurate delineatio omnium templorum et cœnobiorum quæ tam in Cæsarea Urbe ac Sède Vienna Austriæ, quam in circumjacentibus Suburbys ejus reperiuntur. *Augsburg, 1724.* 2 parties en 1 vol. in-fol. oblong, 2 port. et 66 pl. grav., veau dent. et milieux dor., dos orné. (*Rel. anc.*)

69 — **La Chenaye-Desbois**. Dictionnaire de la noblesse contenant la Généalogie, l'Histoire et la Chronologie des familles nobles de France. *Paris, Duchesne, 1770.* 11 vol. in-4°, cart., non rogn.

Tomes 1 à 11.

70 — **La Grive** (L'Abbé). Environs de Paris levés géométriquement par l'Abbé de La Grive. *Paris, 1740.* 9 cartes coloriées et montées sur toile, dans 2 étuis en veau.

71. — **Montucla** (J. F.) Histoire des mathématiques. Dans laquelle on rend compte de leurs progrès depuis leur origine jusqu'à nos jours ; nouvelle édition augmentée, achevée et publiée par J. De La Lande. *Paris, Agasse, 1802.* 4 vol. in-4°, portr. et fig., basane racine (*Rel. anc.*)

72 — **Pinard**. Chronologie historique militaire, contenant l'Histoire de la création de toutes les charges, dignités et grades militaires supé-

rieurs ; de toutes les personnes qui les ont possédés, ou qui y sont parvenues depuis leur création jusqu'à présent, etc. Tirée sur les originaux, avec des notes critiques des auteurs qui ont travaillé à l'Histoire de France. *Paris, Hérissant, 1760-1778.* 8 vol. in-4°, veau fauve, dos ornés, tr. rouge. (*Rel. anc.*)

Très bel exemplaire sur grand papier.

73 — **Révolution** française ou analyse complète et impartiale du Moniteur : suivie d'une table alphabétique des personnes et des choses. *Paris, 1801.* 6 vol. front. in-4°, demi-rel. veau.

Tables chronologique et alphabétique du Moniteur de 1787 à 1799.

74 à 80 — Sous ces numéros, il sera vendu par lots environ 1,000 bons volumes non catalogués. Ouvrages de théologie, sciences et arts, histoire, belles-lettres, généalogie.

Objets de différentes provenances

DESSINS

BIDA

81 — *La Lecture du Coran.*
Dessin à la mine de plomb.

FANTIN-LATOUR

82 — *Croquis pour la Nuit de printemps.*
Dessin au fusain.

FRAGONARD (Attribué à)

83 — *Paysage boisé.*
(*Collection Walferdin-Léon Roux.*)

GAILLARD (Claude-Ferdinand)

84 — *Saint-Sébastien.*
Petite peinture sur panneau.

HELLEU

85 — *Femme étendue, lisant.*
Dessin à la sanguine.

INGRES

86 — *La Communion.*
Dessin au lavis d'encre de Chine.

LANDELLE (CH.)

87 — *Nudité.*

Dessin à la mine de plomb.

LA RUE (DE)

88 — *Bacchanales.*

Deux croquis rehaussés sous un même cadre.

NANTEUIL (CÉLESTIN)

89 — *Hommage à Priape.*

Dessin au crayon noir.

ORSEL (V.)

90 — *Tête de Femme pour projet de tableau.*

Dessin à la mine de plomb.

ÉCOLE FRANÇAISE (XVIIIe siècle)

91 — *Tête de Femme dormant.*

Dessin à la sanguine.

ÉCOLE FRANÇAISE (XVIIIe siècle)

92 — *Composition de deux personnages en costume Louis XV.*

Dessin aux deux crayons.

ÉCOLE FRANÇAISE (XIXe siècle)

93 — *Cabaret de nuit.*

Dessin au lavis d'encre de Chine.

PORCELAINES

94 — Joli groupe en ancienne porcelaine de Saxe de quatre personnages réunis au pied d'un arbre : le Repos du chasseur.

Haut., 25 cent.

95 — Belle écuelle et son présentoir en ancienne porcelaine de Saxe (le couvercle manque), à décor très fin de petits personnages polychromes.

96 — Deux saucières en ancienne porcelaine de Sèvres, à décor de fleurs et de rubans. Époque Empire.

97 — Tasse-trembleuse en ancienne porcelaine à la Reine.

98 — Quatre petits poêlons en ancienne porcelaine de Paris, à décor de fleurettes.

99 — Trois tasses couvertes et un sucrier en ancienne porcelaine blanche de Jacob Petit.

100 — Tasse et sa soucoupe en porcelaine de Locré, à décor de carquois et colombes sur fond jaune. Époque Louis XVI.

101 — Tasse droite et sa soucoupe en porcelaine de Paris jaune et partiellement doré. Époque Empire.

102 — Deux glacières en ancienne porcelaine de Paris, décor au barbeau, flanquées de mascarons en biscuit. Époque du Directoire.

103 — Deux tasses et leurs soucoupes en ancienne porcelaine à la Reine, à guirlandes de fleurs et rubans.

104 — Grand plat en ancienne porcelaine de la Chine, famille verte, à feuillages, branchages et oiseaux.

105 — Plat creux en ancienne porcelaine de la Chine, famille verte, à dessin géométrique.

106 — Treize assiettes, quatre compotiers et deux plats en ancienne porcelaine de la Chine, à fleurs et dessins géométriques.

107 — Deux bols et un saladier en ancienne porcelaine de la Chine.

108 — Deux vases-balustres en porcelaine de la Chine, à monture bronze.

109 — Deux légumiers en ancienne porcelaine de la Compagnie des Indes.

110 — Quatre petits rince-bouches en ancienne porcelaine de la Compagnie des Indes, à fleurs.

111 — Deux assiettes creuses en ancienne porcelaine de la Compagnie des Indes, à fleurettes.

112 — Douze assiettes en ancienne porcelaine de la Compagnie des Indes, décorées d'une rose au centre.

113 — Neuf autres, à décor de fleurs.

114 — Cinq tasses, avec leurs soucoupes et une cafetière, en ancienne porcelaine du Japon.

115 — Huit plats octogonaux de différentes tailles en ancienne porcelaine du Japon.

116 — Chocolatière en ancienne porcelaine du Japon.

117 — Sucrier, même porcelaine.

118 — Deux grandes soupières et leurs couvercles en ancienne porcelaine du Japon.

119 — Lot de porcelaines variées. (Sera divisé.)

DENTELLES

120 — Barbe, point d'Angleterre.

121 — Barbe, point d'Angleterre Louis XV, avec papillon.

122 — Fanchon, point d'Angleterre.

123 — Fond de bonnet, point d'Angleterre.

124 — Autre fond de bonnet, point d'Angleterre.

125 — Coupon d'environ 1 m. 75 cent., point d'Angleterre.

126 — Coupon d'environ 1 m. 15 cent., Argentan et col assorti.

127 — Paire de manches, point d'Alençon.

128 — Fond de bonnet, point d'Alençon.

129 — Coupon d'environ 2 m. 70 cent., point d'Alençon Louis XIV.

130 — Coupon d'environ 1 m. 40 cent., point d'Alençon.

131 — Coupon d'environ 1 m. 20 cent., dentelle de Lille.

132 — Barbe Malines, environ 1 m. 60 cent.

133 — Coupon d'environ 1 m. 25 cent., Malines.

134 — Coupon d'environ 3 mètres, Malines.

135 — Berthe en Milan.

136 — Barbe, Valenciennes, recousue.

137 — Autre barbe, Valenciennes, recousue.

138 — Barbe, Valenciennes.

139 — Barbe, Valenciennes.

140 — Barbe, Valenciennes, avec papillons dans le dessin.

141 — Coupon d'environ 1 m. 70 cent., Valenciennes.

142 — Coupon d'environ 1 m. 75 cent., Valenciennes.

143 — Coupon d'environ 1 m. 10 cent., Valenciennes.

144 — Coupon d'environ 1 mètre, Valenciennes.

145 — Coupon d'environ 1 m. 50 cent., point d'Angleterre.

146 — Mouchoir brodé, garni de Valenciennes.

BIJOUX, MÉTAL ET DIVERS

147 — Collier à monture or, comprenant trente-huit anciens diamants taillés en roses, dont quatre gros, six moyens et vingt petits.

148 — Deux réchauds en argent. Époque Louis XV.

149 — Surtout de table. Époque du Directoire.

150 — Plusieurs tasses et salerons en ancien émail.

151 — Petit violon en émail de Louisbourg.

152 — Deux châtelaines en cuivre.

153 — Ancienne petite statuette d'Hercule en bronze.

154 — Grand cartel en marqueterie de cuivre et d'écaille de style Louis XIV et son socle d'applique.

155 — Glace Louis XV, cadre en bois sculpté.

MEUBLES ET SIÈGES

156 — Buffet bas à trois portes et trois tiroirs en acajou, muni d'entrées de serrures en cuivre et flanqué de colonnes engagées à cannelures ; dessus en marbre gris.

157 — Bureau à dos d'âne en marqueterie de bois de placage, à dessin de cubes et muni d'entrées de serrure en bronze ciselé et doré. Époque Louis XV.

158 — Secrétaire Louis XVI en bois de rose, couvert d'un marbre gris.

159 — Petite commode à deux tiroirs et pieds galbés en marqueterie de bois à fleurs, ornées d'entrées de serrures, chutes et sabots de bronze; dessus en marbre gris veiné. Signée : *Lardin*. Époque Louis XV.

160 — Petite commode Louis XVI, à trois tiroirs, en acajou, ornée de bronzes; dessus en marbre gris.

161-162 — Deux commodes en marqueterie de bois, ornées de bronzes. Époque Louis XVI.

163 — Ancien petit meuble à rafraichir en acajou, à entrejambes et couvert d'un marbre blanc, à double récipient.

164 — Petite table à volets en acajou, posant sur quatre pieds cannelés. XVIIIe siècle.

165 — Table de nuit fermant à coulisse en marqueterie de bois de couleur à filets. Art anglais du XVIIIe siècle.

166 — Petite table de nuit en bois de placage, fermant à coulisse.

167 — Deux panneaux de lit en bois naturel sculpté. Époque Louis XV.

168 — Deux bois de lit en bois laqué blanc. Époque Louis XVI.

169 — Mobilier de salon, composé de : un canapé, quatre fauteuils et quatre chaises en bois peint noir et partiellement doré, couverts de tapisserie au point.

170 — Deux fauteuils et une chaise en noyer sculpté à fond de canne. Époque Régence.

TAPISSERIE

171 — Tapisserie-verdure, présentant un paysage avec constructions, nombreux arbres, plantes grasses et volatiles. Aubusson, XVIIIe siècle.

Haut., 2 mètres; larg., 4 m. 25 cent.

172 — Tapisserie de la Renaissance, à nombreux personnages et constructions dans un site vallonné.

Haut., 2 m. 50 cent.; larg., 2 m. 10 cent.

173 — Bande en hauteur de tapisserie Renaissance à médaillon : personnage et chutes de fruits.

174-175 — Deux panneaux en hauteur de tapisseries-verdures.

176 — Deux fragments de tapisseries-verdures et un lot de morceaux de tapisserie.

177 — Objets omis.

www.ingramcontent.com/pod-product-compliance
Ingram Content Group UK Ltd.
Pitfield, Milton Keynes, MK11 3LW, UK
UKHW032032260826
14628UKWH00006B/2897

9 782329 458281